KB089450

후에

전영구 시집

초판 발행 2019년 12월 4일

지은이 전영구

펴낸이 안창현 **펴낸곳** 코드미디어

북 디자인 Micky Ahn **교정 교열** 오재령

등록 2001년 3월 7일 **등록번호** 제 25100-2001-5호

주소 서울시 은평구 갈현로 318-1 1층

전화 02-6326-1402 **팩스** 02-388-1302

전자우편 codmedia@codmedia.com

ISBN 979-11-89690-22-9 03810

정가 10,000원

후에 ｜ 전영구 시집

전 영 구 詩人의 말

이제는 이해할 수 있다는 여유가
답이 되는 현실에 안주하는 나를 본다.
누구 때문인지…라는 습관적인 의문 속
잡히지 않는 것을 애써 이해하려는
바보스러움이 던진 질책마저도 감추려고
좌절 앞에 조아리고 있다.
그렇지?
그렇다면…
그래야 하는데
왜 이러지? 싶다.

가슴은 풀어 보려 하는데
뭔지 모를 응어리만 안고
도피의 길로 들어서고 있다.

이 길밖에 없다는 현실이
그 길 위에 있는 내 모습이 슬프다

어느덧 2019년에 서 있음도…

전 영 구

사랑, 그 가없는 슬픔

●

지연희(시인)

전영구 시인이 제6시집을 출간한다. 연이어 보여
준 다섯 권의 시집은 한결같은 심연의 가닥으로 짚어낸
그리움의 노래이다. 처절하리만큼 절실한 심금을 울리
는 사랑이었다. 유일한 사랑, 온전한 사랑으로 손 내밀어
아름다운 사랑을 꽃피우려 했다. 그 사랑의 절대 가치를
향한 시인의 노래는 많은 독자의 가슴을 아프게 하고 공
감하게 했다. 그리고 오늘 여섯 번째의 시집에 이르러
시인은 '저민 가슴'으로 길을 잃는 '이별 초입'의 절망에
다다르고 있다. 결국 '신파'처럼 무력하고 아득한 이별의
길에 서서 시인의 사랑은 좌절의 늪에 들고 만다.

풀리지 않는 매듭처럼 묶여

답답하고 헛헛했던 사랑이

이별이란 된서리를 맞고도

골 깊은 탄식만 흘리며

멍 자국 하나 없이

저민 가슴에 숨겨 놓았다

　　　　　　　－ 시 「저민 가슴」 중에서

'보려한들 보이나/결로 지나는 이상의 실체/잡으려 한들 잡히나/때 되면 사라지는 무형의 실체'임을 읊던 제5시집의 시 「사랑, 부재」 중 일부문의 언어이다. 보고 싶어도 보이지 않고 잡으려 한들 잡히지 않는 부재한 사랑의 안타까움이 이별이라는 된서리의 탄식만 흘리며 급기야 '저민 가슴'으로 치유할 수 없는 상처를 버무리곤 했다. 그럼에도 풀리지 않는 매듭처럼 묶여 앓던 저민 가슴에 숨겨 놓은 간곡한 사랑은 여전히 침묵 속에 있다. 첫 시집에서부터 이제껏 전영구 시의 저변에는 첫 시집 『손닿을 수 있는 곳에 그대를 두고도』, 두 번째 시집 『그대가 그대라는』, 세 번째 시집 『낯선 얼굴』, 네 번째 시집 『愛作』, 다섯 번째 시집 『뉘요10』에 이르기까지

'사랑의 고뇌와 아픔'으로 일관된 외로운 외줄 타기 사랑이었다. 치유할 수 없는 '슬픔'을 비단실타래를 엮듯 씨줄과 날줄로 직조해 내어 슬픈 사랑의 깊은 상처만을 들려주곤 했다. 그러나 이제 그 흔들림 없던 사랑이 길을 잃는다고 한다.

가시오.
제발 오던 길로 돌아가시오.
환청에도 흔들리는 나약함이
기댈 아무것도 없이 서 있다

묻는 이 하나 없는 적막 속에서
가쁜 숨 몰아쉬는 그림자가 보인다.
무심히 지켜보는 자신이 보인다
　　　　　　－ 시 「길을 잃다 9」중에서

지치고 아픈 시간들이 허물어 내리는 통점이다. '길을 잃다'라는 이 절망의 통한은 어쩌면 적막한 사랑에 던지는 최후의 통첩이지 싶다. '가시오./제발 오던 길로 돌아가시오. /환청에도 흔들리는 나약함이/기댈 아무것도 없이 서 있다'는 더 이상 남루한 그 무엇도 될 수 없는 가

혹한 현실과 마주서고 있다. 사랑, 그 가없는 슬픔의 좌
절이다.

> 고요하다
> 북새통 같던 애증의 향연도 끝이 나고
> 후유증에 떨던 사랑도 떠난
> 진로조차 불투명한 현실이
> 지나는 시간에 동행을 부탁한다
> 손대면 와 닿을 거리에서 시위 중인
> 낯간지러운 극한 대립이
> 무리 지어 오는 아픔을 감싸 안으며
> 아직은 이별 초입입니다. 라는
> 메시지를 건넨다
>
> — 시 「이별 초입」 중에서

'이별 초입' 마주서서 바라보던 한 그루의 나무가 방
향을 바꾸어 등을 보이며 너의 길로 나의 길로 돌아서서
사라지는 결별의 슬픔이 시작되고 있다. '이별'이라는 얼
음장 같은 차디찬 겨울바람이 모퉁이를 돌아서는 모습
이 보인다. '이별,/되돌릴 수 없음이기에/더딘 걸음으로/
진입 중이다'라는 것이다. '유린당하듯 이끌려가는/삶의

변덕에 고립된 사랑이' '가시오./돌아가시오./조여 오는
시선이/움츠러든 심장을 채근한다.'는 것이다. 서성이며
조바심하던 사랑 하나가 제 갈 길을 잃어버리고 있다.
늘 주는 사랑의 가치를 아름답게 읊조리던 전영구 시인
의 신작 '길을 잃다'라는 여섯 번째 시집의 총체적 메시
지를 간략하게 짚어보았다.

contents

시인의 말 · 04

서문 | 사랑, 그 가없는 슬픔 | 지연희 · 06

01

소소한 삶 후에

蓮 四季 22

난향 23

20180824pm 24

봄, 비 25

비, 울음 26

가을 그림 27

검은 노을 28

가슴 편지 29

어둠, 언저리 20

접은 사랑 31

02

이유를 안 후에

마음 꽂이 34

有口無愛 35

넋두리 36

미완 37

나비잠 38

질긴 인연 39

이별자리 40

온유 41

회안 42

일상다반사 43

contents

0.3

이별한 후에

고백전야 46

원초적 사랑 47

동상이몽 48

후회 49

비상 50

물음 하나 51

雨 雨 雨 4 52

죄의 값 53

시린 이별 54

사랑, 그 잡히지 않는 것 55

04

후회한 후에

저민 가슴 58

반려 59

그늘 60

유추 61

이별 초입 62

미련한 단심 63

신파 64

암전 65

이율배반 66

지금 67

contents

05

소외된 후에

오로지 70

지친 영혼 71

서툰 이별 72

ING 73

아픈 환상 74

단편 사랑 75

가식 76

간구 77

업보 78

슬픈 거부 79

Epilogue

길을 잃다 1 84

길을 잃다 2 85

길을 잃다 3 86

길을 잃다 4 87

길을 잃다 5 88

길을 잃다 6 89

길을 잃다 7 90

길을 잃다 8 91

길을 잃다 9 92

길을 잃다 10 93

빛이 머문   서쪽, 언저리로 떠난다는 소리에   쫓다 멈춘 그곳엔

파스텔 톤 회오리가 넋을 빼앗고   –「어둠, 언저리」중에서

후에

전영구 시집

그대가 있어야 할 자리에
흐림만은 오려내고 싶었는데
여전히 잿빛으로 덧칠해져 있는 건
어쩔 수 없음일까요

-「가슴 편지」 부분

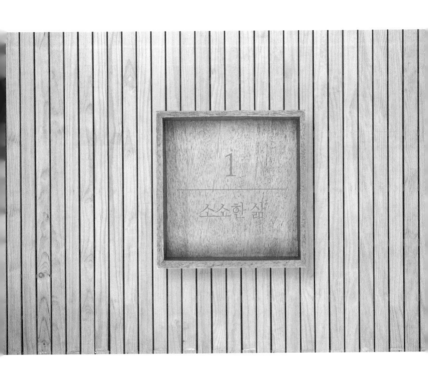

어둠, 언저리에서 들리는 비, 울음

蓮 四季

휘어버린 꽃대의 부끄러움보다
오가는 눈빛에 무감각으로 섞여야 하는 낯설음이
서럽다

그늘막처럼 펼쳐놓은 연잎에 올라앉은
총총한 투명 알맹이들의 뜬금없는 재롱이
서럽다

연녹빛 살갗 새로 내민
연분홍 실크 결 꽃 뭉치가
햇살에 그을려가는 시간의 흐름이
서럽다

마르고 비틀어진 몸통 지탱하기도 힘겨워
흙탕물에 고개 처박은
초겨울 연밭을 바라보는 객쩍은 눈빛이
이유 없이 서럽다

난향

메마른 돌 틈
시간은 깨어나도
필 기미가 없이 움츠린 봉오리
간절한 눈빛의 총애 받고
만개를 기다리는 소소한 것… 들

우아함을 품고 있어도
시선 떠난 무심함에
소생조차 버거워 몸부림치다
가는 모가지 곧추세운
소심한 반란의 서막… 뿐

봄 향은 봄에 피고
가을 향은 가을에 핀다는 궤변에
핏대 세운 한마디
내 입김이 진정 난향(蘭香)이란 말이오.

목하
절절한 삶을 부추기는… 중

20180824PM

달 하나에
별 하나 뜬 하늘

흑백 캠퍼스 속에 오롯이 뜬
달 바라기일까
별 지킴이일까

마주한 고즈넉이 넋을 빼앗고
초를 다투듯 다가오는 여명에
못다 한 운명을 지키려
질끈 감은 눈가엔
엔딩을 고하는 장막이 펼쳐지고 있다

그새
달이 지나
별이 지나
맑던 시야가 어스름해진 하늘 속

봄, 비

계절의 울타리에 가둬놓고
연둣빛 꿈이 짙어지도록
의지하며 맞은 봄,
끝

젖은 줄기에 핀 꽃 포기가
무관심에 칭얼대듯 너울거리며
두 눈 속으로 담겨질,
쯤

봄날
오후에 내린 비에
서둘러 핀 비닐 지붕 위엔
영문도 모르는 꽃잎만
저항 없이 추락을 시작한다

비, 울음

때를 모른다
한껏 움츠린 가슴에
덧옷은커녕
발가벗기려 애쓰는 물세례에
설 곳조차 잃었다

가녀린 몸매에 숨긴 차가움
싸늘한 미소의 침입자가 흩뿌린
질벅한 액체는
묵은 때를 벗기려는
알량한 마음도 모르고
예고도 없이 어깃장이다

떠나려 해도 때를 놓쳐버려
눈물 머금고 빌붙어 앉은
불청객의 초췌해진 울음이 가엽다.

가을 그림

햇살이 머문 자리엔
거친 삶 이겨낸 순한 생명들이
구름마저 흐트러진 하늘에 대고
어김없이 노크를 한다

서성거리던 바람이 길을 열어
각색의 잎새들을 흩뿌려
너른 캠퍼스를 적시니
몸 달군 계절이 마감을 재촉한다

다한 수명을 구걸하며
머뭇거리는 모습이 구차해 보여도
쉼이라는 여유를 누리는 낙엽들이
치장하지 않은 수채화를 닮아 보여 좋다

검은 노을

그대가 사라진다는 것은
어둠의 지배를 알리는 서막

무한으로 풀린 가슴을 열고
불규칙적인 심장을 다독이며
이글거리는 열정이 물들인
한때
붉디붉던 태양을 향한
뜨면 부셔 못 보던
탄성의 단 발음을 뒤로한 채
검게 탄 노을이란 이름으로
여지없이 폐막을 시작한다

가슴 편지

하늘을 봤지요
구름만 보이네요
어제도
그 어제도
다 풀어버린 응어리처럼
무심히 흘려보낸 줄만 알았는데
금세라도 쏟아버릴 듯한 먹빛 사이로
간간이 보이는 푸름이
속없음을 비웃는 듯하네요

만질 수도
느껴지지도 않는 것이
이토록
무너지게 할 수 있는 건가요

그대가 있어야 할 자리에
흐림만은 오려내고 싶었는데
여전히 잿빛으로 덧칠해져 있는 건
어쩔 수 없음일까요

어둠, 언저리

빛이 머문
서쪽, 언저리로
떠난다는 소리에
쫓다 멈춘 그곳엔
파스텔 톤 회오리가 넋을 빼앗고
젖은 바람이 밀어낸 탁한 하늘빛이
둥지를 튼 자리엔
불타는 능선 따라 흐르는 핏빛 눈물이
유액처럼 버무려진 황홀경이 펼쳐진다

빛이 펼쳤다 서둘러 접은
찰나의 신비가 지는
어둠, 그 언저리

접은 사랑

보이지 않는 것에 저미고
잡히지 않는 것에 사린다

심장이 찢어지도록
저릿한 표정에
옷깃조차 떨고 있는 사랑이
읊조린 회유는
동공 속에 머물고
요절한 다짐은 눈물 타고
유영을 시작한다

마음에 골절을 입고
접은 가슴은
접은 만큼 아프다

애꿎은 눈물이 고뇌하다
내린 결말은
이별만이 숙명인 듯하여
눈 감아 버렸다
하니,
겨우 보이는
사랑마저 말이 없다

─「有口無愛」부분

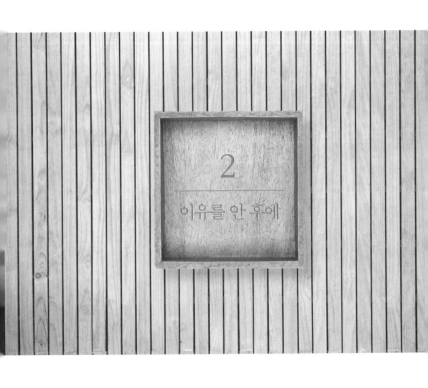

2

이유를 안 후에

마음 꽂이에 스며든 미완의 사랑

마음 꽂이

전신에서 빠져나간
슬픈 진심처럼
우연을 빗댄 잔인한 엇갈림을
숨겨오다 풀어 놓을 줄 몰랐다

갈등으로 봉합된 가슴을 열어
중화된 감성을 독촉해도
허무의 깃발을 꽂던 선택을
선뜻 수긍할 줄도 몰랐다

그대의 첫 긍정이 이별이라는
수정도 안 되는 애증의 끝자락에 핀
헛물만 켠 사랑만큼
이별의 이유를 접어 마음에 꽂는다

有口無愛

다시 돌아봐도
사랑도 못 되는 것을
미천한 글로 표현하지 못해
숨죽이고 하는 말이
그대라서… 였는데
흔들리는 눈가에 고인
애꿎은 눈물이 고뇌하다
내린 결말은
이별만이 숙명인 듯하여
눈 감아 버렸다
하니,
겨우 보이는
사랑마저 말이 없다

넋두리

꽃살문 같은 사랑이 만든
허술해진 거래가 성사되고
의문의 경계가 느슨해지면
알싸한 사랑 하다 그리됐으니
아쉬울 것도 없다 한다

사랑은 저리 흔한데
내 것은 어디에도 없다는
혼자 하는 넋두리 끝에
이리될 줄 몰랐다는
푸념을 깔고 앉아
다른 눈동자 속에 갇힌
그대를 보니
따로 핀 넝쿨장미 같아
낯설긴 하다

미완

외면에 쫓기고
눈물에 짓눌린
쭉정이 같은 사랑만 남았다

나머지 빈자리에도
허락도 없이
헛바람이 들어앉았다

고르다 만 미련을
한소끔 담아 두고도
미완의 사랑에 눈길을 주는 걸 보니
미련한 사랑을 다시 하려나 보다
참
답 없는 아이러니다

나비잠

각혈하듯 내뱉은 푸념조차 사라진
낮의 그림자 지우고 누운 밤
동공이 떨다 멈춘 어둠 속엔
나약한 하루가 매달려있다

누군, 새근한 잠에 들어 안식하는데
가슴에 새긴 주문을 읊조리다 지쳐
속절없이 까브러진 육신만
희미한 서정 속을 헤매고 있다

애써 낮 빛을 거두고 잠을 청하니
실체 없는 숨결이 가빠지고
치유 없는 혼돈이 가증스러울 만큼
어둠에 은둔 중인 눈동자를 채근한다

나비잠만은 못해도
그리 자려 한다

질긴 인연

맑을까
맑아질까 하여
들썩이던 아픔을
망각 속에 던져 버렸는데
양파 껍질처럼 벗겨지는
의문마저 질긴 인연에
쓴 입맛 다시며 돌아서야 했다

사랑일 땐
쏜살같이 가던 시간이
이별 후엔
더디 흐르는 까닭을 몰라
먹먹해진 가슴에
한숨 쓸어 담는 자신이
못나 보여
참 슬프다

이별자리

지친 귀로
슬픈 발걸음이 주저앉고
허술한 하루의 부스러기들이
피로한 불빛 아래로 버려진 자리

우화 같은 사연 담긴 눈길이
시간의 비호 아래 피신을 해도
거침없는 절교의 일성이
위태롭게 들려오던 자리

영그는 미움에
그리움이란 씨를 뿌려놓고도
엎어버린 통한의 자리

온유

마음이 가난하다
흐릿한 잔상의 부활로 인한
일시적인 착각이라 하기엔
너무 벅차다

골 깊이 패여
불신 가득 찬 앵글로만 보이던
낡은 사랑
아픔의 너비만큼 아파야 하는
신경 거슬리는 몸부림은
홀로 가는 시간처럼
가난한 사랑 되어 헐떡인다
겨우 다스렸는데도
늘 이렇다

회안

쉼 없는 여정에 치인
불안한 눈빛을 달고 지내던
후회라는 영욕의 시간들을
여지없이 생성해 낸다

크로키로 그려야 하는 흐린 얼굴이
뇌리 가득 붐비고
사랑 담근 효소 향내 때문에
원망 가득한 감정이 희석되고 있다

욕심이 불러온 재앙 같은 사랑이
여유를 가장한 혼돈을 다독이며
회안의 미소를 짓고 있다

일상다반사 日常茶飯事

이만한 것이 없음을 알기까지 겪는 숱한 시행착오.
냉기를 품은 사랑이 유혹을 해도 꿈쩍도 안 했다는
속 이야기만 여러 페이지.
쉽게 주어지지 않는 것에 대한 애착으로
스스로 무너지기를 몇 차례.
존재와 현실이라는
불일치가 만들어 낸 등 돌린 사랑.
이별이 와도 아프지 않게 그토록 다졌는데
별일 없는 듯 일상으로 회귀에 대한 배신감.
명분 없는 복원력에 몸 사래를 칠 때쯤.
이만한 것이 여기까지라는 직시해야 할 현실이
채찍처럼 다가서는 삶.
그러려니 하는 다반사적인 일상이 비웃는
어설픈 생이 그린 허접한 다큐멘터리.

그대라는 향기를 지울 수 없어
주체 못 할 갈망만이 남았다 치자

돌아보면 돌아서 있는
그림자 같았다 치자

사랑, 그 잡히지 않는 것 때문에
그럴 수 있다 치자

-「사랑, 그 잡히지 않는 것」 부분

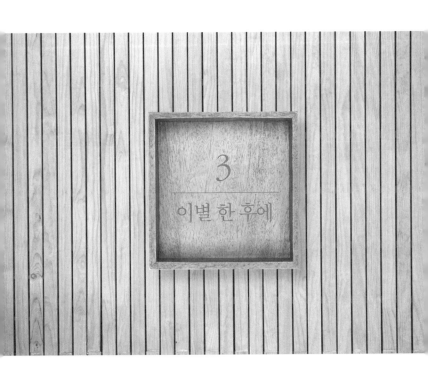

3

이별 한 후에

원초적 사랑으로 앓는 죄, 이별

고백전야

가슴이 닿으면
사랑도 닮겠지

아픔에 그을린 가슴이 닿아도
올곧은 사랑으로 닮아 주겠지

들킨 독백의 언어들이 엉킨
고백 전야엔
입술 스치는 소리만
음소거로 흐르고
사랑에 다가서지 못해
간간히 생겨나는 조갈증만
맘 시리게 품고 있다

사랑이 사랑을
울
린
다

원초적 사랑

흔들어 꺼내 온 두서없이 애착
서툰 몸짓이 부른
가을바람 같은 갈증

다독여 꺼내 온 지쳐가는 집착
과한 상실이 만든
겨울 햇살 같은 시림

언제나처럼 바라보니
현실을 외면하는 원초적 본능
늘 그래왔다는 본질적인 불신
필경
그 사랑인 듯하다

동상이몽

밑그림은
다소 허접했다

그렁한 눈물의 의미를
파고들다 거두어 버린 이유만으로
날 세운 오기가
무모한 닦달을 시작하고
낯붉히던 설전 끝에
실없는 미소 흘리고
처연하게 따라나선다

사랑이 되지 못했음을
추억으로 이체한 몹쓸 치유
처음만 생각나는
지금만 남아있다

후회

사랑에 몸 씻긴 영혼이
고개 들 때쯤
다시 볼 수 있겠지

가위눌린 악몽을 꺼내 들고
상처 난 가슴 추스르면
혜안 없는 가녀린 감성 안에
잊는다는 슬픔보다는
다시 만나리라는 설렘을
먼저 지우고 있겠지

서러울 그대에게
속된 낭만을 그리고 있는
속없는 나는

비상

두고 온 미련이
이리로 올 수 없음이기에
생채기 난 가슴이
고통에 젖어 있다

다시라는 다짐이 풀 죽어 지내고
앙상해지도록 깎아 내려진 자만에
날 수조차 없을 거라는 비애가
체념의 발목을 잡는다

조급함이 펼쳐놓은 미로 속을 헤매다
서툰 날갯짓이 곤두박질칠 때까지
바라봐 주는 이 없어도
자맥질하듯 한껏 날고 싶다

물음 하나

거친 호흡 따라 곤두선 신경이
강성의 투사처럼 파르르 떤다

유독 무뎌진 감성의 실없음은
배알 없는 포기를 선동한다

굳건했던 결의를 쉽게 지워버린 후
그때가 언제였나
거꾸로 가는 시간에게 물으니
파리한 손길로 가려진
초췌한 얼굴이 답을 내민다

雨 雨 雨 4

지쳐가는 상념이 고개 들면
기분 상한 구름 사이로
칼 군무 추듯이 내려와
멍한 눈길 적시는 소리
雨
雨
雨

반기는 이도
애틋한 시선도 없어
雨
雨
雨
그렇게 흠씬 울어 댄다

죄의 값

잃었다 생각하니
해묵은 연정은 어디에도 없고
기억의 손상이 아픔을 대변한다.

남겨진 이의 눈물은 아랑곳없던
떠난 이의 옹색한 뒤태가
보내온 위세는
고통의 궤적을 그리며
서슬 퍼런 절연의 통보를 건넨다

설익은 사랑 품은
죄의 값이다

시린 이별

굳게 닫힌 빗장 풀어
천상 아름답다는
꽃이 지는 소리를 듣자니
가슴속엔 온통
희열이 발산하는 비명만이 들린다

선한 다스림으로 가슴을 열어
달빛보다 감동이라는
꽃빛을 담으려 하니
눈 시린 시월 낯빛이
메마른 눈물샘을 자극한다

누구는 복에 겨워 환희를 누리는데
박복한 마음속엔
마른 꽃잎만 가득 흩날린다

그대를 보내고 난 날은
더욱 그렇다

사랑, 그 잡히지 않는 것

지나는 바람에도 흐트러지는
솜털 같은 마음결이었다 치자

술잔 속에 멋대로 나타나
흔들릴 때마다 더 흔들어대는 모짐이
다는 아니었다 치자

그대라는 향기를 지울 수 없어
주체 못 할 갈망만이 남았다 치자

돌아보면 돌아서 있는
그림자 같았다 치자

사랑, 그 잡히지 않는 것 때문에
그럴 수 있다 치자

반려가 될 수 없는
소원함이 키운 갈림길에 서서 보니
곁에 두려 한 아집이 그대를 닮아서일까
늘 떠날 채비를 하는 바람 같아 보인다

-「반려」 부분

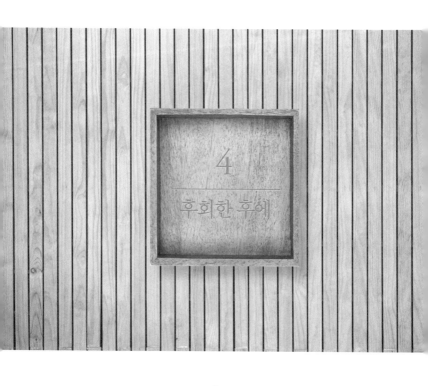

이별을 유추해 봐도 남은 건 지금뿐

저민 가슴

서러움 먼저 터져 올라
더듬거리듯 굼뜬 눈길이
무언의 시위를 한다

유린당하듯 이끌려가는
삶의 변덕에 고립된 사랑이

풀리지 않는 매듭처럼 묶여
답답하고 헛헛했던 사랑이

이별이란 된서리를 맞고도
골 깊은 탄식만 흘리며
멍 자국 하나 없이
저민 가슴에 숨겨 놓았다

반려

누구를 닮아서일까
눈동자에 고인 잔영이
침울해 보인다

한곳을 보고
함께 느껴야 한다는 강박이
다른 곳을 보고는
느낄 수 없으리란 절망을 키웠다

반려가 될 수 없는
소원함이 키운 갈림길에 서서 보니
곁에 두려 한 아집이 그대를 닮아서일까
늘 떠날 채비를 하는 바람 같아 보인다

그늘

비켜 가다 지친
알 만한 계절의 고집스런 기행
숨 고르기조차 벅차
볕 아래 미물 같다는 느낌
쫓다,
쫓겨온 듯 내몰린
하찮은 역풍 맞으러
풀어헤친 옷깃 새로 스미는
눅눅한 온기는
온몸을 휘감으며
여지없이 또 심술을 부린다

살갗에 돋는 소름처럼
멘탈 그래프가
제멋대로 춤을 춘다

유추

마른 서정은 간결해가고
극빈한 감성은 요동치는데
빈 술병 열고 한숨을 채워 넣는
개운치 않은 수작질만 늘어간다

누그러진 무능을 짊어지고
세월이 숨겨놓은 덫에 걸려
초주검이 된 이생의 사랑이
가식의 가면을 쓰고 있다

고뇌 속에 남긴 잔재를 버리고
부스럼처럼 부풀어 오른 탐욕을
어떻게 끊으려는지 유추해 봐도
풀지 못할 숙제만 겹겹이 쌓여간다

이별 초입

고요하다
북새통 같던 애증의 향연도 끝이 나고
후유증에 떨던 사랑도 떠난
진로조차 불투명한 현실이
지나는 시간에 동행을 부탁한다
손대면 와 닿을 거리에서 시위 중인
낯간지러운 극한 대립이
무리 지어 오는 아픔을 감싸 안으며
아직은 이별 초입입니다. 라는
메시지를 건넨다

이별,
되돌릴 수 없음이기에
더딘 걸음으로 진입 중이다

미련한 단심

긁힌 상처보다
얽힌 속내가 더 아프다
미련한 단심이 키운
변심의 충동이 기승을 부린다

폐지처럼 구겨진 사랑
내려놓으면 풀릴 줄 알았는데
더 이상은 버티지 못하고
벼랑 끝에 멈춰 서 있다

제구실도 못하고
운명에 쫓겨 다니다
유통기한에 걸린 이별의 전령이
줏대 없는 가슴에 하소연하고 있다

신파

내리감은 눈꺼풀
치켜뜨면 구겨지는 미간
풀어헤친 셔츠
표식 없이 흔들리는 손끝

부르튼 입술에
마른 눈빛
숨죽은 몰골로 비척거리는
난처해진 걸음

다음 생에 만나자는 언약이
장난 같은 하소연으로 비치는
추한 매달림은 없다
젖은 눈가 보인 부끄러움만 없다면
그댄
내게
허깨비 같은 사랑이기에

암전

가까우면서도 비밀스런
느낌 없이도 눈물겨운
신비에 젖어도 하찮은, 그런

버림조차 헐뜯기고
존재조차 엉켜버려
숨결조차 미미해진, 그런

열기마저 사라진 폐허
미처 쓸어 담지 못한
후회로 얼룩진, 그런

빛 잃어 서러워도
어둠으로 다시 그릴
그런 사랑

이율배반

감정 닫고 산 시간들이
응어리진 슬픔으로 튕겨져 나와
맑은 영혼이라도 되자던
약조마저 버리고
합의점을 찾지 못한 막막함을
가득 끌어안고
돌아서서 미친 듯이 웃는다

사랑했다는 우격다짐과
사랑한다는 절실함을 감추고
누구 때문이라는 탓보다
그대 때문이라는 원망이
밀물처럼 밀려드는 까닭도 모른 채
실연의 무게 가득 매단 걸음만
방향 잃고 방황 중이다

지금

늘 그러하듯이, 넋 나간 초점이 빚은
두어 방울 아픔의 나락이 빈 잔을 응시하다
다문 입술에 파고들어 쓴 이슬을 흘리니
거부 없이 들이켜야 했다

홀연, 침묵이 봉인 해제되고
엉겁결에 흐리고 만 눈물이 그치고 나면
값싼 동정 뒤로 떠나야 하는 궁색한 걸음,
사랑과 격리되는 길에 들어서고 나서는
부끄러움도 잊었다

괜찮다는, 멋쩍은 서글픔이 가슴에 닿아
어디에도 없을 썩은 미소를 지으며
아직은 아니라는 과한 부정 끝엔
흐르다 마른 얼룩마저 숨겨야 했다
지금은

초라하게 존재하다 미진해진 사랑이
낮은 신음으로
가슴 섶에서 걷어온 욕망을
덮어 버렸다

더는 아프지 않게
지금은 이래야 했다

-「가식」 부분

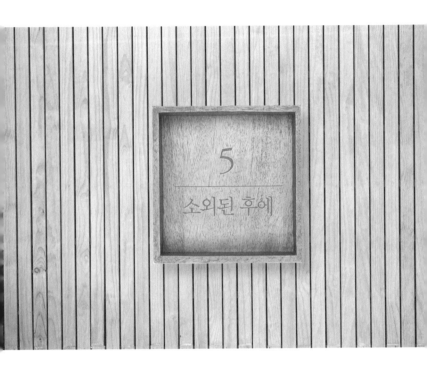

5

소외된 후에

단편적인 사랑은… ING

오로지

바람에 밀려온 이곳은
본시 그대들 살 곳은 아닌 듯싶다고,
나름 흐드러지게 핀 들풀에 대고
미숙한 언어를 들이대는 질타.
잎인 척, 꽃인 척, 여린 척 마라.
계절에 순응하듯 피어
이름 달고, 향기 품거든 그때 고개 들어라.
낯선 곳에 뿌리내려 겨우 살길 찾으니
서슴없는 훑어봄이 시련이 되는 모진 팔자.
오로지 남의 시선 따라 귀한 삶 되고,
더러는 시정잡배가 되는 서러운 존재인 것을.
태생부터가 전리품처럼 위대하다… 라는 위안도
상처가 되는 저들을 맘을 어찌 알겠는가?
시류에 타협하는 찌질한 삶이 역겹고
이리도 고단했다면 그들도 그럴까 싶어 내미는
참 생각 없는 생각들… 덜 여문 인간질.
그걸 아는 그대들이 어찌 이러는가, 싶다.

지친 영혼

가슴 너머에 있을 법한 낯설은 환영
허기진 여운이 주고 간 감정의 굴절
식어가는 열정이 던져준

사

랑

허공에 그려진 두서없는 기억의 재생
무지에서 겨우 찾은 지친 영혼
어줍지 않은 사랑 하다 걸린

이

별

누구나가 아닌 그대를 담아두고
값싼 배려를 무심하게 고대하며
염치없이 주워 담은

그

리

움

서툰 이별

예감 속 현실을 기다리다
잊을 만하면 반복되는
스침이라는 여운을 잊고 핀
꽃인 양
머쓱한 자태로 서 있다

가슴을 지키던 마비된 감정을
슬픈 심장에 이식을 하다 말고
맺음이라는 서툰 그림을 그리며
애처로운 기생을 포기해 버린 후
다시 사랑으로 드나듦조차 거북해져
지탱해온 면목 없는 명맥을
이제는
이별과 교대하며 쉬게 하고 싶다

ING

전시회처럼 진열된
회색 숲 사이로
삐뚤어진 심성이
풀다 만 물감같이 뭉그적거려도
뉘를 그리는지 몰라 포기한
현실을 읽지 못하는 문맹 같은
자신이 원망스럽거든
피카소의 그림을 보려 한다

20C 사람 눈에 비친 혼란의 극치
찬사만큼이나 엉키는 감정
투명 인간으로 살 수는 없을까
애를 써 봐도
결국 타협에 더부살이하는
혼탁한 삶 ing

아픈 환상

아픈 환상을 그리다 말고
서툰 이력에 끌려다니던
지능 낮은 체념의 앓는 소리

상처만 도려내다
기억 속에 잠식해 버린
이상한 출처가 흘린 병든 과거

어제처럼 문 닫은 뇌 속에
스멀거리는 열병이 낳은
신음으로 덧칠한
난해한 채색을 지우다 말고
지고지순은 했었다. 라는 변죽이
들끓고 있다

단편 사랑

눈빛에 담아둘까
가슴에만 묻어 볼까

아픔 딛고 뒤를 보니
사랑도 못 되는 것을
조율하지 못한 빈 가슴이
허망한 자괴감으로 운다

절망이 반쯤 사라져도
지워지지 않는 매서운 연민
밑도 끝도 없는 단절에
가슴에 널부러진 것만 거둬도
단편 소설이 될 듯한 분량의
헛디딘 사랑

가식

닳아 해진 갈망이 꿈틀거리고
마음으로 매만져야 가라앉는
격정을 속으로 삼키면
들쑤시던 혈기마저 소원해지고
초라하게 존재하다 미진해진 사랑이
낮은 신음으로
가슴 섶에서 걷어온 욕망을
덮어 버렸다

더는 아프지 않게
지금은 이래야 했다

간구

떠나야 안기는 바람처럼
닿으면 사라지는 포말처럼
단 한 번도
내 것이 되지 못해 속 탄 울음

애써 틔우다
서둘러 거둔 반쪽 사랑 때문에
하염없이 지쳐 간다고
그렇다고 저리 둔다면
다문 입술은 어쩔 것이며
한 마디도 못하고 물러선다면
서러움 비집고 나온
근거 잃은 밀어의 흔적은
또 어쩔 것이냐

업보

돌아서야 보이고
빗장을 걸고 살아야 하는
어쩔 수 없는 삶의 목록
눈 뜨고 있어도
감으니 만 못하는 처지가
녹슨 태엽처럼 삐걱대며 돌아간다
뜸으로 시작한 애끓는 사랑
눈 감아도 지워지지 않는
사랑이라는 업보

모두가 다 기우려니 하는 위로가
형량이 되는
세월이 선고한 판결
본시 돌아보니
태생을 거스르기가 참 버겁다
라는 생각

슬픈 거부

호기로 버틴 시간이 악에 바쳐 울고
잘못 처방된 사랑은
싫다는 이유를 유서처럼 숨긴다

당혹스런 취지가
의외의 납득이 되어
기다릴 징후에 가빠지는 숨소리
이야기는 절정에 다다르는데
훑어보다 지친 눈빛이 섬뜩해
기억을 열고도
끄집어내지 못한 과오를 묻는다

틈새에 빠져 허덕이는 까만 심장
연습 없는 이별에 침통한 울음소리
가까이하면 더 단호해진 슬픈 거부

눈빛에 담아둘까
가슴에만 묻어 볼까

아픔 딛고 뒤를 보니
사랑도 못 되는 것을

-「단편 사랑」부분

가시오.
제발 오던 길로 돌아가시오.
환청에도 흔들리는 나약함이
기댈 아무것도 없이 서 있다

－「길을 잃다 9」 부분

Epilogue

길을 잃다 1

돌아설 생각 없이 나섰으니
아무런 후회도 하지 말자
불안도 삭히면 빈틈이 보이겠지

걷고 느끼며
귀로를 거부하는 이유가
명분을 얻을 때까지
생각과 현실 사이에서
풀리지 않는 의문에 답을 구하며
지친 가슴을 안고 나선 길

자신의 정체성에 말뚝을 박고
나로 있음을 외칠 때까지
가는 길에 눈물을 뿌리지는 않겠다.

길을 잃다 2

녹빛 땅이
파란 하늘이
이제야 보인다.

콘크리트 안에선 뿌옇게만 보이던 것들이
낯가림 없이 안겨 와 숨통을 풀어준다

보이는 것만 보고
만져지는 것만 만지던 단조로움 속
무얼 그리워했는지조차 모르지만
아무 일 없는 듯 뛰쳐나온 지금이
아기의 첫 걸음마처럼 불안하지만
그래도 좋다

길을 잃다 3

울고 있나
웃고 있나
진정되지 않는 잡념이
심경을 지배하니
어디 있는지
어디로 가는지
무얼 찾아 헤매는 지도
길 잃은 미아가 되고 싶은 건지도
잘 모르겠다

갈등이 즐비하던 어제를 생각했다
이왕 나선 길이다

길을 잃다 4

묻지도 않았다
무수히 겪은 일들에
책망은 필요치 않기에
선뜻 앞세우지도 못하는 주저함을
탓하지도 않았다

지금에 만족하고픈 자신이 부끄러워
불면보다 더 깊은 속앓이는
술병을 끌어안는 것뿐
어둠을 일깨우고
자신을 다독이며
길을 재촉한다

길을 잃다 5

여태껏 탈 없이 지낸
일상이 무너지고
핑계 삼을 아무것도
보이지 않는 곳에 서 있다

머릿속은 환상을 쫓고 있는데
망설이는 몸짓이 못마땅하다

지친 사유를 일으켜 달라고
소리치고 싶다
보고 싶지 않은 얼굴에 대고
보이는 모든 것에다 대고 울부짖고 싶다

변화 없는 내일을 외면하고 싶기에
핏대만 세우고 있다

길을 잃다 6

시간을 놓아 버렸다
자신도 놓아 버렸다

스스로에게 베풀지 못했던 후회가
설렌 유혹으로 이끈다

누군가 기다려야 할 텐데
날 잡아줘야 할 텐데 - 도 놓아 버렸다

낯선 길에 서니
아무것도 잡히지 않는다
애초 나는 누구였을까 - 조차도
잊어 버렸다

길을 잃다 7

바람이 등을 떠민다.
구름이 손짓한다.

가물해진 풋내기 적 가슴처럼
맑은 영혼에 파고든다.
색다른 일렁임이 사그라지기 전에
어디론지 가야만 하는데
돌아가고 싶지 않은 길만 보여
안타까울 뿐이다

뭐라도 보여줘야 한다는
궁색한 이유가 일탈로 유인한다.

길을 잃다 8

불안의 무게를
혼자 감당해야 하는 협박에
시달린 괴리

맑고, 소중하고
아름다운 것에 넋을 잃고 살아도
시원치 않은데
퀭한 아침과 대면하는 단순한 날들

허락된 시간만이라도
자신만을 위해 살고 싶은데
혼란과 자괴감만 넘실거린다

상실된 가치를 찾아 나선
무모함이라도 좋다
하늘과 땅 사이에 현존하고 있음이
가능성은 진행형이니까

길을 잃다 9

가시오.
돌아가시오.
조여 오는 시선이
움츠러든 심장을 채근한다.

가시오.
제발 오던 길로 돌아가시오.
환청에도 흔들리는 나약함이
기댈 아무것도 없이 서 있다

묻는 이 하나 없는 적막 속에서
가쁜 숨 몰아쉬는 그림자가 보인다.
무심히 지켜보는 자신이 보인다.

길을 잃다 10

모를 일이다

조롱받기 충분한 선부른 고백이
냉혹한 현실에 걸려 주저앉으니
일탈의 촉매가 된
어설픈 충동과 누적된 인내가
체념과 제휴하며
견고한 다짐을 파기시켜 버렸다

스스로 초래한 사슬 같았던 거래의 끝은
알아서 아물기를 바라고
해답을 찾아가다 지친
여정마저 내려놓고
멈춰 서서 다시 물어본다.

지금 가는 이 길이
정녕
내게 주어진 길인가를…

후에

전영구 시집

후에

전영구 시집